Clifford D. Simak

Writat

Diese Ausgabe erschien im Jahr 2024

ISBN: 9789359941257

Herausgegeben von
Writat
E-Mail: info@writat.com

HERR. Sanftmütig – Musketier

Von CLIFFORD D. SIMAK

Abenteuer flammten in Mr. Meeks ängstlichem Herzen auf, das Wogen der Schlacht und singende Klingen. Und so machte er sich mit einem Raketenschiff als Ross und einer Strahlenkanone als Schwert auf den Weg ... und brachte den verärgerten leuchtenden Sternen unbekümmerte Gerechtigkeit.

Nachdem er es nun getan hatte, fiel es Oliver Meek schwer, das zu erklären, was er getan hatte.

Unter den ruhigen, fragenden Augen von Herrn Richard Belmont, Präsident von Lunar Exports, Inc., stammelte er ein wenig, bevor er anfangen konnte.

„Seit Jahren", sagte er schließlich, „habe ich eine Reise geplant ..."

„Aber, Oliver", sagte Belmont, „wir würden dich beurlauben. Du wirst zurückkommen. Es gibt keinen Grund, zurückzutreten."

Oliver Meek scharrte mit den Füßen und wirkte unbehaglich, ein wenig schuldig.

„Vielleicht werde ich nicht zurückkommen", erklärte er. „Sehen Sie, es ist keine gewöhnliche Reise. Es kann sehr, sehr lange dauern. Es könnte etwas passieren. Ich gehe raus, um mir das Sonnensystem anzusehen."

Belmont lachte leicht, während er sich in seinem Stuhl zurücklehnte und die Fingerspitzen zusammenpasste. „Oh ja. Eine der Touren. Nichts Gefährliches an ihnen. Überhaupt nichts. Darüber brauchen Sie sich keine Sorgen zu machen. Ich habe vor ein paar Jahren an einer teilgenommen. Sehr interessant ..."

„Keine der Touren", unterbrach Meek. „Nicht für mich. Ich habe ein eigenes Schiff."

Belmont stolperte auf seinem Stuhl nach vorne und sah fast erschrocken aus.

„Ein eigenes Schiff!"

„Ja, Sir", gab Oliver zu und wand sich unbehaglich. „Mehr als dreißig Jahre habe ich dafür gespart ... dafür und für die anderen Dinge, die ich brauchen werde. Es muss irgendwie ... nun ja, eine Obsession sein, könnte man sagen."

„Ich verstehe", sagte Belmont. „Du hast es geplant."

„Ja, Sir, ich habe es geplant.“

Das war ein Meisterwerk des Understatements.

Denn Belmont konnte es nicht wissen und Oliver Meek, der krummschultrige, weißhaarige Buchhalter, konnte nichts von diesen dreißig Jahren der Sparsamkeit und Träume erzählen. Dreißig Jahre lang beobachtete er, wie Schiffe des Nichts vom Raumhafen starteten, direkt vor dem Fenster, wo er gebeugt über Büchern und Taschenrechnern saß. Dreißig Jahre, in denen ich den Männern, die diese Schiffe leiteten, Gesprächsfetzen entlockte. Männer und Schiffe, an deren Haut noch immer der außerirdische Staub weit entfernter Planeten klebt. Schiffe mit seltsamen Zeichen und Narben und Menschen mit seltsamen Worten auf ihrer Zunge.

Dreißig Jahre, in denen große Abenteuer auf kalte Figuren reduziert wurden. Dreißig Jahre lang merkwürdige Ladungen und seltsamere Geschichten in Konten festgehalten. Dreißig Jahre habe ich durch ein Fenster zugesehen, wie abfliegende Raketen geschmolzene Löcher in das Feld gruben. Dreißig Jahre am Abgrund, am äußersten Rand des Lebens ... aber *nie* darin.

Auch Belmont hätte die Romantik, die im Herzen des Buchhalters mittleren Alters glühte, nicht erraten oder Meek in Worte fassen können ... etwas, das manchmal weh tat ... etwas Erdgebundenes, das für immer nach Raum schrie.

Auch nicht die Abendkurse, die Oliver Meek besucht hatte, um die Theorie der Weltraumnavigation zu erlernen, und danach weitere Kurse, um ein Verständnis für die Motoren und Steuerungen zu erlangen, die die Schiffe zwischen den Planeten antreiben.

Auch nicht, wie er stundenlang in seinem Zimmer vor dem Spiegel gestanden und die Kunst des Pistolenhandlings geübt und perfektioniert hatte. Auch nicht an den Nachmittagen, die er am Schießstand verbracht hatte.

Auch nicht an die Nächte, in denen er eifrig gelesen hatte, um das Wissen, die Informationen und die Farben dieser anderen Welten aufzusaugen, die ihn zu locken schienen.

„Wie alt bist du, Oliver?“ fragte Belmont.

„Nächsten Monat fünfzig, Sir“, antwortete Meek.

„Ich wünschte, Sie würden eines der Passagierschiffe nehmen“, sagte Belmont. „Eine dieser Touren ist gar nicht so schlecht. Sie sind bequem und ...“

Meek schüttelte den Kopf und in den schwachen blauen Augen hinter der Brille mit den dicken Gläsern war ein hartnäckiges Glitzern zu sehen.

„Keine Tour für mich, Sir. Ich gehe zu einigen dieser Orte, an die Sie die Touren nie führen. Ich habe in diesen dreißig Jahren viel verpasst. Ich habe lange gewartet und jetzt gehe ich raus und sehe nach die Dinge, von denen ich geträumt habe.

Oliver Meek stieß die Schwingtüren des Silver Moon auf und trat schüchtern ein. Gleich hinter der Tür blieb er stehen und starrte, denn der Ort traf ihn mitten ins Gesicht ... der beißende Rauch der Venusblätter, das hohe Gelächter der marsianischen Tänzerinnen, das leise Surren von Rädern, das Klicken von Bällen Sie hüpften um die sich drehenden Räder herum, das Klappern von Pokerchips, der Geruch seltsamer Spirituosen, das Zirpen und Knurren von einem Dutzend Zungen, die seltsame, exotische Musik von Ganymed.

Meek blinzelte durch seine schweren Brillengläser und bewegte sich vorsichtig vorwärts.

In der hinteren Ecke des Lokals stand ein Tisch, an dem ein Mann saß ... ein alter, ergrauter Veteran der Asteroiden, dessen Schnauze in einem Krug billigem Bier steckte.

Meek schlich zum Tisch und holte einen Stuhl heraus.

"Stört es Dich wenn ich hier sitze?" fragte er und Old Stiffy Grant verschluckte sich vor Erstaunen an einem Schluck Bier.

„Mach weiter, Fremder", krächzte er schließlich. „Das ist mir scheißegal. Der Joint gehört mir nicht."

Meek setzte sich auf die Stuhlkante. Seine Augen wanderten durch den Raum. Er roch den Rauch, den rohen Alkohol, die schweißbefleckte Kleidung der Männer, die billige Parfümerie der Tänzerinnen.

Er verschob seinen Waffengürtel, sodass die beiden Energiepistolen leichter hingen, und rutschte vorsichtig weiter nach hinten auf dem Stuhl.

Das war also Asteroid City auf Juno. Der Ort, von dem er gelesen hatte. Der Ort, den die Zellstoffautoren als Hintergrund für ihre gruseligeren Geschichten nutzten. Dies war der Ort, an dem Waffen feuerten und Manner tot auf der Straße aufgefunden wurden und ein Mädchen, ein Glücksspiel oder nur ein einziges gesprochenes Wort einen Kampf auslösen konnte.

Die Touren beinhalteten keine Orte wie diesen. Sie brachten einen zu den schönen, zivilisierten Orten ... Städte wie Gusta Pahn auf dem Mars und Radium City auf der Venus und hinaus nach Satellite City auf Ganymed. Zivilisierte, elegante Orte ... Orte, die sich kaum von New York, Chicago oder Denver zu Hause unterscheiden. Aber das hier war anders ... hier konnte man etwas spüren, das das Blut schneller fließen ließ und einen Schauer über den Rücken jagte.

„Du bist neu hier, nicht wahr?" fragte Stiffy.

Meek zuckte zusammen, dann fand er seine Fassung wieder.

„Ja", sagte er. „Ja, das bin ich. Ich wollte diesen Ort schon immer sehen. Ich habe darüber gelesen."

„Haben Sie jemals etwas über einen Asteroidenjäger gelesen?" fragte Stiffy.

„Ich glaube, ich habe es irgendwo. In einer Zeitschriftenabteilung. Eine verrückte Geschichte …"

„Es ist nicht verrückt", protestierte Stiffy. „Ich habe einen von ihnen gesehen … heute Nachmittag. Genau hier auf Juno. Keiner dieser Idioten, denen der Vater die Schuld gegeben hat, wird mir glauben."

Verstohlen betrachtete Meek den Mann ihm gegenüber. Er schien kein so schlechter Kerl zu sein. Fast wie jeder andere Mensch. Ein bisschen grob vielleicht, aber trotzdem ein guter Kerl.

„Sagen Sie", schlug er impulsiv vor, „vielleicht würden Sie etwas mit mir trinken gehen."

„Du bist verdammt noch mal", stimmte Stiffy zu. „Ich lehne niemals Getränke ab."

„Bestellen Sie es", sagte Meek.

Stiffy heulte durch den Raum. „Hey, Joe, bring uns ein paar Schnauben."

„Was für ein Tier war das, von dem Sie gesprochen haben?" fragte Meek.

„Asteroid Prowler", sagte Stiffy. „Die meisten dieser Gangster glauben nicht, dass es einen gibt, aber ich weiß es anders. Ich habe ihn heute Nachmittag gesehen und er war das Ding mit der größten Vaterschuld, das ich jemals gesehen habe. Er kam direkt hinter einem großen Stein hervor und begann zu kommen." Nach mir ließ ich ihn nicht einmal ins Gesicht schießen. Als das passierte, ging ich nicht weiter bin da rausgekommen.

"Wie sah er aus?"

Stiffy beugte sich über den Tisch und wedelte feierlich mit dem Zeigefinger. „Herr, Sie werden mir nicht glauben, wenn ich es Ihnen sage. Aber es ist die Wahrheit, also helfen Sie mir. Er hatte einen Schnabel. Und Augen. Verdammt, wenn diese Augen nichts wären. Als würden sie versuchen, dich zu packen . Nicht wirklich erreichbar, wissen Sie. Aber da war etwas in ihnen, das versuchte, mit Ihnen zu sprechen, und sie schimmerten, als ob Feuer in ihnen wäre.

„Diese verrotteten Felssprenger hier haben mich ausgelacht, als ich ihnen davon erzählt habe. Unterstellt, dass ich die Wahrheit auf die leichte Schulter nehme, taten sie es. Sie lachten sich tot.

„Es ist fast so groß wie ein Haus ... dieses Tier, und es hat einen Körper wie ein Fass. Es hat einen langen Hals und einen kleinen Kopf mit großen Zähnen. Es hat auch einen Schwanz, und er ist irgendwie eng anliegend." zu Boden. Sehen Sie, ich war auf der Suche nach der verlorenen Mine.

„Meins verloren?"

„Klar, hast du noch nie von der Verlorenen Mine gehört?"

Stiffy blies vor Staunen Bier.

Oliver Meek schüttelte den Kopf. Er hatte das Gefühl, dass er wahrscheinlich das Opfer von Geschichten war, die nur den grünsten Zartfüßen vorbehalten waren, und nicht wusste, was er dagegen tun könnte, wenn er es wäre.

Stiffy ließ sich fester auf seinem Stuhl nieder.

„Die Geschichte mit der verlorenen Mine", erklärte er, „kursiert schon seit Jahren. Anscheinend haben ein paar Leute sie ein paar Jahre nach dem Bau der ersten Kuppel gefunden. Sie kamen herein und erzählten davon, füllten sich mit Proviant und gingen hinaus." . Sie sind nie zurückgekommen."

Er beugte sich über den Tisch.

"Du weißt was ich denke?" forderte er böig.

„Nein", sagte Meek. "Was denken Sie?"

„Der Prowler hat sie erwischt", sagte Stiffy triumphierend.

„Aber wie könnte es eine verlorene Mine geben?" fragte Meek. „Asteroid City war eine der ersten Bergbaukuppeln, die hier gebaut wurden. Bis zu dieser Zeit wurden keine Schürfarbeiten durchgeführt."

Stiffy schüttelte den Kopf und wedelte mit dem Bart.

„Woher soll ich das wissen", verteidigte er sich. „Vielleicht hat sich ein früher Raumfahrer hier niedergelassen, eine Mine gegraben und ist nie wieder zur Erde zurückgekehrt, um davon zu erzählen."

„Aber Juno hat nur einen Durchmesser von 181 Meilen", argumentierte Meek. „Wenn es eine Mine gegeben hätte, hätte sie jemand gefunden."

Stiffy schnaubte. „Das ist alles, was du darüber weißt, Fremder. Nur einhundertachtzehn Meilen, sicher … aber einhundertachtzehn Meilen des am schlimmsten bedrohten Landmanns, auf den jemals ein Stiefel gesetzt wurde. Meistens rauf und runter."

Die Getränke kamen, der Barkeeper stellte sie vor ihnen auf den Tisch. Meek schnappte zunächst nach Luft, als er den Preis sah, dann verschluckte er sich an dem Getränk. Aber er unterdrückte mannhaft den Würgegriff und fragte:

„Was ist das für ein Zeug?"

„ *Bocca* ", antwortete Stiffy. „Guter alter Mars- *Bocca* . Lässt einem die Haare auf der Brust wachsen."

Er trank seinen Drink mit Begeisterung, blies geräuschvoll durch seinen Schnurrbart und beäugte Meek missbilligend.

„Gefällt es dir nicht?" er forderte an.

„Sicher", log Meek. „Sicher gefällt es mir."

Er schloss die Augen und goss sich den Schnaps in den Mund, schluckte heftig, verzweifelt, fast erstickend.

Stiffy sagte: „Sag dir, was wir tun sollen. Lass uns in ein Spiel einsteigen."

Meek öffnete den Mund, um die Einladung anzunehmen, schloss ihn dann wieder, da ihn die Vorsicht übermannte. Schließlich wusste er nicht viel über diesen Ort. Vielleicht sollte er es zumindest zunächst etwas ruhiger angehen lassen.

Er schüttelte den Kopf. „Nein, ich bin nicht sehr gut im Kartenspielen. Nur hin und wieder ein paar Penny-Ante-Spiele."

Stiffy schien ungläubig zu sein. „Penny ante", sagte er und lachte dann, als ob er Humor in dem, was Meek gesagt hatte, spürte. „Sag mal, du bist gut", brüllte er. „Glaube auch nicht, dass du deine Blitzwerfer gebrauchen kannst."

„Einige", gab Meek zu. „Ein bisschen vor dem Spiegel geübt."

Er fragte sich, warum Stiffy vor Freude auf seinem Stuhl herumrollte, bis ihm die Tränen über den Schnurrbart liefen.

Stiffy hatte ein Full House … Asse mit Königen … und seine Augen sahen aus wie eine Katze, die sich an eine Untertasse voller Sahne heranschleicht.

Es waren nur zwei im Spiel, Stiffy und ein öliger Gentleman namens Luke. Als die Einsätze stiegen und das Spiel heißer wurde, schieden die anderen am Tisch aus.

Oliver Meek stand hinter Stiffy und sah ehrfürchtig zu, kaum atmend.

Hier war das Leben … die Art von Leben, von der man nie zu träumen gewagt hätte, damals in dem kleinen Kämmerchen mit seinen Taschenrechnern und verstaubten Büchern bei Lunar Exports, Inc.

Innerhalb einer Stunde hatte er mehr Geld über den Tisch fließen sehen, als er jemals in seinem ganzen Leben besessen hatte. Pots, die kletterten und Pyramiden bildeten, Vermögen, die mit dem Umdrehen einer einzigen Karte verspielt wurden.

Aber da war noch etwas anderes … irgendetwas stimmte mit dem Deal nicht. Er konnte sich nicht ganz vorstellen, was es war, aber er hatte einen Artikel darüber gelesen, wie Spieler die Karten austeilten, wenn sie nicht darauf abzielten, dem anderen eine ausgeglichene Chance zu geben. Und da war etwas an Lukes Umgang gewesen … etwas, worüber er in diesem Artikel gelesen hatte.

Auf der anderen Seite des Tisches verzog Luke das Gesicht.

„Ich muss dich anrufen", verkündete er. „Ich fürchte, du bist zu stark für mich."

Stiffy schlug triumphierend mit der Hand nach unten.

„Das passt, verdammt!" er jubelte. „Die Art von Karten, auf die ich die ganze Nacht gewartet habe."

Er streckte seine knorrige Hand aus, um die Münzen einzusammeln, aber Luke stoppte ihn mit einer Geste.

„Entschuldigung", sagte er.

Er drehte die Karten langsam eine nach der anderen um. Zuerst ein Dreier, dann ein Vierer und dann noch drei Vierer.

Stiffy schluckte und griff nach der Flasche.

Doch noch während er das tat, streckte Oliver Meek seine Hand aus und legte sie mit weit gespreizten Fingern auf das Geld auf dem Tisch. Er hatte sich daran erinnert, was er in diesem Artikel gelesen hatte …

„Einen Moment, meine Herren", sagte er. „Mir ist etwas eingefallen …"

Stille herrschte im Raum.

Meek blickte über den Tisch hinweg direkt in Lukes Augen.

Luke sagte: „Erklären Sie sich besser, Herr."

Meek war plötzlich nervös. „Na ja, vielleicht habe ich zu voreilig gehandelt. Es war wirklich nichts. Mir ist nur etwas an dem Deal aufgefallen …"

Luke richtete sich ruckartig auf und stieß seinen Stuhl mit einer einzigen Aufstehbewegung weg. Die Menge strömte plötzlich aus der Schusslinie. Der Barkeeper duckte sich hinter die Bar. Stiffy sprang heulend aus seinem Stuhl und rutschte über den Boden.

Meek, der sich plötzlich vom Tisch aufrichtete, sah, wie Lukes Hand nach der Waffe an seinem Gürtel griff, und im Bruchteil einer Sekunde wurde ihm klar, dass er sich hier einer Situation gegenübersah, die Handeln erforderte.

Er dachte nicht an die Tage des Trainings vor dem Spiegel. Er nutzte kein einziges Jota der Waffenkunde, die er in Hunderten von Büchern gelesen hatte. Für einen kurzen Moment war sein Kopf fast leer, aber er handelte wie instinktiv.

Seine Hände bewegten sich wie treibende Kolben, rissen die beiden Pistolen aus ihren Holstern, hoben sie aus dem Leder und packten sie mitten in der Luft.

Er sah, wie Lukes Waffenmündung nach oben schwang, die Mündung seiner eigenen linken Waffe nach unten neigte und den Auslöser drückte. Es gab ein kreischendes Zischen, einen blauen Streifen, der in der Luft knisterte, und die Waffe, die Luke in seiner Hand hielt, war plötzlich glühend heiß.

Aber Meek beobachtete Luke nicht. Sein Blick war auf die Menge gerichtet, und als er gerade den Schussknopf drückte, sah er, wie eine Hand eine Flasche von der Theke nahm und sie zum Werfen hochhob. Die Waffe in seiner rechten Hand kreischte und die Flasche zersprang in eine Million Stücke, der Schnaps verwandelte sich in Dampf.

Langsam wich Meek zurück, seine Schritte ähnelten fast einer Katze, seine schwachen blauen Augen wirkten wie kaltes Eis hinter der Brille mit den dicken Gläsern, seine hochgezogenen Schultern waren immer noch hochgezogen, sein hagerer Kiefer glich einer Stahlfalle.

Er spürte die Wand in seinem Rücken und blieb stehen.

Draußen im Raum vor ihm rührte sich niemand. Luke stand da wie eine Statue und umklammerte seine rechte Hand, schwer verbrannt von der rauchenden Waffe, die zu seinen Füßen lag. Lukes Gesicht war eine Maske des Hasses.

Der Rest starrte einfach nur. Starrte diesen Fremden an. Ein Mann, der Kleidung trug, wie sie den Asteroidengürtel noch nie zuvor gesehen hatte. Ein Mann, der aussah, als wäre er ein Angestellter oder sogar ein pensionierter Bauer im Urlaub. Ein Mann mit Brille, hochgezogenen Schultern und einer Haut, die noch nie die Berührung der Sonne im Weltraum erlebt hatte.

Und doch hatte ein Mann, der Luke Blaine einen Vorsprung für seine Waffe verschafft hatte, ihn bis zum Unentschieden geschlagen und ihm die Waffe aus der Hand gebrannt hatte.

Oliver Meek hörte sich selbst sprechen, konnte aber nicht glauben, dass er es selbst war. Es war, als hätte eine andere Person die Kontrolle über seine Zunge übernommen und sie zum Sprechen gezwungen. Er erkannte seine Stimme kaum wieder, denn sie war hart und brüchig und klang weit weg.

Es hieß: „Möchte sonst noch jemand mit mir streiten?"

Es war sofort klar, dass es niemand tat.

II

Oliver Meek versuchte es sorgfältig zu erklären, aber es war schwierig, wenn die Leute so beharrlich waren. Es war auch schwierig, so früh am Tag seine Gedanken zu ordnen.

Er saß auf der Bettkante, das weiße Haar zerzaust, sein Nachthemd zerknittert und seine knochigen Beine ragten darunter hervor.

„Aber ich bin kein Revolverheld", erklärte er. „Ich bin nur im Urlaub. Ich habe in meinem ganzen Leben noch nie auf einen Mann geschossen. Ich kann mir nicht vorstellen, was über mich gekommen ist."

Rev. Harold Brown wies sein Argument beiseite.

„Sehen Sie nicht, Sir", beharrte er, „was Sie für uns tun können? Diese Gangster werden Sie respektieren. Sie können die Stadt für uns aufräumen. Blacky Hoffman und seine Bande regieren den Ort. Sie machen eine anständige Regierung und …" Anständiges Leben ist unmöglich. Sie erheben von jedem Geschäftsmann einen Schutzzoll, sie berauben und betrügen die Bergleute und Goldsucher, die hierher kommen, sie halten Lasterbedingungen aufrecht …"

„Alles, was Sie tun müssen", sagte Andrew Smith fröhlich, „ist, Blacky und seine Bande aus der Stadt zu vertreiben."

„Aber", protestierte Meek, „du verstehst es nicht."

„Vor fünf Jahren", fuhr Rev. Brown fort und ignorierte ihn, „hätte ich gezögert, Gewalt gegen Gewalt anzutreten. Das ist weder meine Art noch die Art der Kirche … aber fünf Jahre lang habe ich es versucht." Bringen Sie das Evangelium an diesen Ort, haben Sie sich für bessere Bedingungen eingesetzt, und jedes Jahr sehe ich, wie sie sich immer weiter verschlechtern.

„Dies könnte ein toller Ort sein", schwärmte Smith, „wenn wir die Unerwünschten loswerden könnten. Tolle Möglichkeiten. Kapital würde reinkommen. Anständige Leute könnten sich niederlassen. Wir könnten einige bürgerliche Verbesserungen vornehmen. Vielleicht ein Rotary Club."

Meek wackelte verzweifelt mit den Zehen.

„Sie würden sich die ewige Dankbarkeit von Asteroid City verdienen", forderte Rev. Brown. „Wir haben es schon einmal versucht, aber es hat nie funktioniert."

„Sie haben unseren Mann immer getötet", erklärte Smith, „oder er hatte Angst, oder sie haben ihn abgekauft."

„Wir hatten noch nie einen Mann wie Sie", erklärte Rev. Brown. „Luke Blaine ist ein berüchtigter Schütze. Niemand zuvor war in der Lage, ihn zu schlagen …"

„Da muss ein Fehler vorliegen", beharrte Meek. „Ich bin nur ein Buchhalter. Ich weiß nichts …"

„Wir würden Sie als Marschall vereidigen", sagte Smith. „Das Büro ist jetzt leer. Das schon seit drei Monaten oder länger. Wir können niemanden finden, der es übernimmt."

„Aber ich bleibe nicht lange", protestierte Meek. „Ich gehe bald. Ich möchte nur versuchen, einen Blick auf den Asteroid Prowler zu werfen und mich umzusehen, ob ich nicht ein paar alte Steine finde, von denen ich einmal gelesen habe."

Die beiden Besucher starrten ihn mit offenem Mund an. Meeks Gesicht hellte sich auf. „Vielleicht haben Sie von diesen alten Steinen gehört. Einige lustige Inschriften darauf. Der Kerl, der sie gefunden hat, dachte, sie seien erst vor kurzem hergestellt worden, wahrscheinlich kurz bevor die Erdenmenschen hierher kamen. Aber niemand kann sie lesen. Vielleicht eine andere Rasse … .von weit weg."

„Aber es wird nicht lange dauern", flehte Smith. „Wir haben für alle Haftbefehle. Sie müssen sie nur bedienen."

„Sehen Sie", sagte Meek verzweifelt, „Sie haben mich falsch verstanden. Es muss ein Unfall gewesen sein, als Mr. Blaine die Waffe aus der Hand geschossen wurde."

Meek spürte, wie dumpfe Wut in ihm aufstieg. Welches Recht hatten diese Leute, darauf zu bestehen, dass er ihnen bei ihren Problemen hilft? Für was hielten sie ihn? Ein Desperado oder ein Weltraumläufer? Noch ein Gangster? Nur weil er im Silver Moon Glück gehabt hatte.

„Meine Güte", erklärte er rundheraus, „ich werde es einfach nicht tun!"

Sie sahen gequält aus und standen widerstrebend auf.

„Ich nehme an, das hätten wir nicht erwarten dürfen", sagte Reverend Brown bissig.

Der Silbermond war ruhig. Der Barkeeper wischte träge den oberen Rand der Bar ab. Ein venusianischer Junge fegte ebenso träge davon. Die Tänzerinnen waren weg, die Musik verstummte.

Stiffy und Oliver Meek gehörten zu den wenigen Kunden.

Stiffy trank einen Schluck und blies heftig durch seinen Schnurrbart.

„Oliver", sagte er, „mit deinen Waffen bist du wirklich ein Katta. Ich frage mich, würdest du mir sagen, wie du das machst?"

„Sehen Sie her, Mr. Grant", sagte Meek. „Ich wünschte, du würdest aufhören, darüber zu reden, was ich getan habe. Es war sowieso nur ein Unfall. Was mich hauptsächlich interessiert, ist dieser Asteroid Prowler, von dem du mir erzählt hast. Besteht eine Chance, dass ich ihn finde, wenn ich rausgehe?" und geschaut?"

Steif, erstickt, fast lila vor Erstaunen.

„Gute Soße", sagte er, „jetzt willst du raus und dich mit dem Prowler anlegen!"

„Leg dich nicht mit ihm an", erklärte Meek. „Schau ihn dir einfach an."

„Herr", warnte Stiffy, „das Ding kann man am besten mit einem Teleskop betrachten. Ein gutes, leistungsstarkes Teleskop."

Die Schwingtüren schwangen auf und ein Mann kam herein.

Der Neuankömmling ging direkt auf den Tisch zu, an dem Stiffy und Meek saßen. Er blieb daneben stehen, sein schwarzer Bart ragte furchteinflößend hervor, seine Augen waren trostlos kalt.

„Ich bin Blacky Hoffman", sagte er. „Ich nehme an, du bist Meek." Er ignorierte Stiffy.

Meek stand auf und streckte seine Hand aus.

„Freut mich, Sie kennenzulernen, Herr Hoffman", sagte er.

Blacky nahm überrascht die angebotene Hand.

„Scheint, ich sollte dich kennen, Meek, aber das tue ich nicht. Ich hätte irgendwann einmal von dir hören sollen. Über einen Mann wie dich würde man reden.“

Meek schüttelte den Kopf. „Ich glaube nicht, dass du das jemals getan hast. Ich habe nie etwas getan, worüber man reden könnte.“

„Setz dich“, sagte Hoffman und es klang wie ein Befehl.

„Ich muss los“, piepste Stiffy, bereits auf halbem Weg zur Tür.

Hoffman schenkte sich einen Drink ein und schob Meek die Flasche hin. Meek biss die Zähne zusammen und schenkte sich einen kleinen Schluck ein.

„Es hat keinen Sinn, um den heißen Brei herumzureden“, sagte Blacky. „Wir können uns genauso gut auf die Fälle konzentrieren. Ich denke, wir verstehen uns.“

Oliver Meek wusste nicht, was der andere meinte, aber er musste etwas sagen.

„Ich denke, das tun wir“, stimmte er zu.

„Also gut“, sagte Hoffman. „Ich habe hier einen netten kleinen Krach aufgebaut und ich mag es nicht, wenn sich Leute einmischen.“

Meek versuchte, seinen Alkohol zu trinken, was ihm gelang, und schnappte nach Luft.

„Aber ich könnte einen Mann wie Sie gebrauchen“, sagte Hoffman. „Luke hat mir gesagt, dass du gut mit den Blastern umgehen kannst.“

„Ich übe manchmal“, gab Meek zu.

Ein Lächeln zuckte über Hoffmans bärtige Lippen. „Wir haben die Stadt genau dort, wo wir sie haben wollen. Die Beamten können nichts tun. Sie haben Angst davor. Marschälle essen immer Steine oder verlassen die Stadt. Vielleicht möchten Sie bei uns mitmachen. Nicht viel zu tun, leichte Beute.“

„Es tut mir leid“, sagte Meek, „aber das kann ich nicht.“

„Hör zu, Meek“, warnte Hoffman, „entweder bist du bei uns oder nicht. Wir mögen hier keine Meißel. Wir wissen, was wir mit Leuten machen sollen, die versuchen, uns einzumischen. Ich weiß nicht, wer du bist.“ sind oder woher du kommst, aber ich sage dir das ... Wenn du nicht reinkommst, ist das in Ordnung ... aber wenn du nach heute Nacht hier bleibst, kann ich dir keinen Schutz versprechen.

Meek schwieg und dachte über die Drohung nach.

„Du meinst“, fragte er schließlich, „dass du mich rauskommandierst, wenn ich deiner Bande nicht beitrete?“

Hoffmann nickte. „Das, großer Junge, ist genau das, was ich meine."

Langsam machten sich Wut und Groll an Meek breit. Wer war dieser Hoffman, der ihm befohlen hat, Asteroid City zu verlassen? Das war ein freies Sonnensystem, nicht wahr? Kein Wunder, dass Rev. Brown nervös war. Kein Wunder, dass die anständigen Leute eine Säuberung wollten.

Meeks Zorn wuchs, ein kalter, tödlicher Zorn, der ihn wie eine kalte Hand schüttelte. Eine Wut, die ihn fast erschreckte, denn sehr selten in seinem Leben war er wirklich wütend gewesen.

Er erhob sich langsam vom Tisch und befestigte seinen Waffengürtel in einer bequemen Position.

„Die Stadt ist schon lange ohne Marschall, nicht wahr?" er hat gefragt.

Hoffmans Lachen dröhnte. „Darauf kannst du wetten. Und das wird auch so bleiben. Der letzte hat es auf die Flucht genommen. Der davor wurde getötet. Der davor ist irgendwie verschwunden …"

Meek sprach langsam, seine schwachen Augen brannten.

„Schrecklicher Zustand", sagte er. „Es muss etwas dagegen getan werden."

Die Straßen waren verlassen, still, eine tödliche Stille, die lauerte und schwebte und darauf wartete, dass etwas passierte.

Oliver Meek polierte seinen Marschallstern mit seinem Mantelärmel und blickte zur Kuppel hinauf. Sterne glitzerten, ihr Licht wurde durch den schweren Quarz verzerrt. Sterne in einem toten schwarzen Himmel.

Im schwachen Sternenlicht ragten die mächtigen Wände der Schlucht über der Kuppel empor. Eine Schlucht, der einzige Ort, an dem auf einem der Planetoiden eine Stadt entstehen konnte. Denn die Mauern schützten die Kuppel vor dem tödlichen Sperrfeuer sausender Trümmer, die ständig aus dem Weltraum herabschlugen. Diese mächtigen schroffen Berge und schwindelerregenden Klippen waren über lange Äonen hinweg von den Schlägen dieses Hagels panzerbrechender Projektile übersät.

Meek richtete seinen Blick wieder auf die Straße und sah die Lichter des Silbermondes. Nervös tastete er nach den Papieren in seiner Innentasche. Haftbefehle gegen John Hoffman wegen Mordes, Luke Blaine wegen Mordes, Jim Smithers wegen rücksichtsloser Schießerei, Jake Loomis wegen Körperverletzung und Körperverletzung, Robert Blake wegen Raubüberfalls.

Und plötzlich hatte Oliver Meek Angst. Denn er wusste, dass der Tod hinter den Schwingtüren des Silbermonds auf ihn wartete. Ein Tod, der durch diese ruhige Straße eingeläutet wird.

Fast so, als würde er aus einem Traum erwachen, stellten ihm Fragen im Kopf herum. Was machte er hier? Warum war er in eine solche Situation geraten? Welchen Unterschied machte es für ihn, was mit Asteroid City passiert ist?

Es war Wut gewesen, die ihn dazu gebracht hatte ... diese unerklärliche Wut, die aufgeflammt war, als Hoffman ihm gesagt hatte, er solle verschwinden.

Welchen Unterschied würden schon ein paar Tage machen? Er würde sowieso gehen. Er hatte so ziemlich alles gesehen, was es in Asteroid City zu sehen gab. Er wollte den Prowler und die Steine mit den seltsamen Inschriften sehen, aber es waren Sehenswürdigkeiten, auf die er verzichten konnte.

Wenn er sich umdrehte und in die andere Richtung ging, konnte er sein Raumschiff in nur wenigen Minuten erreichen. Es gab genug Treibstoff, um ihn nach Ganymed zu bringen. Niemand würde es erfahren, bis er bereits weg war. Und wenn er weg war, was würde ihn dann interessieren, was irgendjemand dachte?

Er stand unentschlossen da und argumentierte mit sich selbst. Dann schüttelte er den Kopf und setzte seinen Marsch zum Silbermond fort.

Eine Gestalt trat aus einer dunklen Tür. Meek sah den bedrohlichen Glanz von Stahl. Seine Hände wanderten zu den Gewehrkolben, aber etwas stieß ihn in den Rücken und er erstarrte, während seine Finger Metall berührten.

„In Ordnung, Marschall", sagte eine spöttische Stimme. „Du drehst dich einfach um und gehst in die andere Richtung."

Er spürte, wie seine Waffen aus den Holstern gehoben wurden, drehte sich um und ging. Schritte knirschten neben ihm und hinter ihm, aber ansonsten ging er schweigend.

"Wo bringst du mich hin?" fragte er mit leicht zittriger Stimme.

Einer der Männer lachte.

„Nur auf einem kleinen Ausflug, Marschall. Wir wollen einen Blick auf Juno werfen. Nachts ist es wirklich ein hübscher Anblick."

Juno war nicht hübsch. Meistens war kaum etwas davon zu sehen. Die Sterne spendeten wenig Licht und die Senken lagen im Schatten, während die schroffen Berggipfel im geisterhaften Sternenlicht wie schimmernde Fata Morgana wirkten.

Das Schiff lag auf einem Plateau zwischen einer nadelförmigen Bergkette und einem tiefen, schattigen Tal.

„Jetzt, Marschall", sagte einer der Männer, „bleiben Sie hier. Sie werden sehen, wie die Sonne über dem Berg dort hinten aufgeht. Interessant. Die Morgendämmerung auf Juno ist etwas, an das man sich erinnern wird."

Meek machte sich auf den Weg, aber der andere winkte ihn mit seiner Pistole zurück.

„Du lässt mich hier zurück?" schrie Meek.

„Warum sicher", sagte der Mann. „Du wolltest das Sonnensystem sehen, nicht wahr?"

Mit der Waffe in der Hand wichen sie von ihm zurück. Voller Angst starrte er zu, wie sie das Schiff betraten, und sah, wie sich der Hafen schloss. Einen Augenblick später raste das Schiff davon, und der Rückschlag seiner Rohre warf Meek zu Boden.

Er rappelte sich auf und beobachtete die Sprengrohre, bis sie außer Sichtweite waren. Unbeholfen trat er vor und blieb dann stehen. Es gab keinen Ort, an den man gehen konnte ... nichts zu tun.

Einsamkeit und Angst überkamen ihn in schrecklichen Wellen der Qual. Eine Angst, die jedes Gefühl, das er jemals empfunden hatte, in den Schatten stellte. Angst vor dem gespenstischen Schimmern der Gipfel, Angst vor dem schattengeschwärzten Tal, Angst vor dem Weltraum und der wahnsinnigen, kalten Intensität der nicht blinkenden Sterne.

Er kämpfte darum, sich selbst in den Griff zu bekommen. Es war Angst wie diese, die die Menschen im Weltraum in den Wahnsinn trieb. Er hatte davon gelesen, davon gehört. Angst vor der Einsamkeit und den schrecklichen Tiefen des Weltraums ... Angst vor der Gleichgültigkeit endloser Meilen der Leere, Angst vor dem Unbekannten, das immer nur in Ellenbogenentfernung lauerte.

„Sanftmütig", sagte er sich, „du hättest zu Hause bleiben sollen."

Bald kam die Morgendämmerung, aber keine solche Morgendämmerung, wie man sie auf der Erde sehen würde. Nur ein allmähliches Verdunkeln der Sterne, ein allmähliches Aufhellen der schwärzeren Dunkelheit, als ein größerer Stern, die Sonne, über den Gipfeln schwebte.

Die Sterne leuchteten immer noch, aber ein graues Licht fiel über die Landschaft und ließ die Berge zu festen Dingen statt zu gespenstischen Formen werden.

Auf der einen Seite des Plateaus ragten zerklüftete Gipfel auf, auf der anderen erschreckende Tiefen. Irgendwo zu seiner Rechten schlug ein Meteor ein und Meek schauderte. Vom Aufprall war kein Geräusch zu hören, aber er konnte die Vibrationen des Aufpralls spüren, als die sausende Masse auf die Klippen prallte.

Aber es sei dumm, Angst vor Meteoren zu haben, sagte er sich. Er hatte größere und unmittelbarere Sorgen.

In den Tanks seines Raumanzugs befanden sich weniger als acht Stunden Luft. Er hatte keine Ahnung, wo er war, obwohl er wusste, dass sich zwischen ihm und Asteroid City viele Meilen raues, furchterregendes Land erstreckten.

Der Raumanzug trug keine Nahrung und kein Wasser, aber das war von untergeordneter Bedeutung, wie er erkannte, denn seine Luft würde ausgehen, lange bevor er Durst oder Hunger verspürte.

Er setzte sich auf einen massiven Felsbrocken und versuchte nachzudenken. Es gab nicht viel zu bedenken. Überall trafen seine Gedanken auf schwarze Wände. Die Situation, sagte er sich, sei hoffnungslos.

Wenn er nur nicht überhaupt nach Asteroid City gekommen wäre! Oder wenn er gekommen wäre und sich nur um seine Angelegenheiten gekümmert hätte, wäre das nie passiert. Wenn er nicht so darauf bedacht gewesen wäre, anzugeben, was er über Kartentricktricks wusste. Wenn er nur nicht zugestimmt hätte, als Marschall vereidigt zu werden. Wenn er seinen Stolz heruntergeschluckt hätte und gegangen wäre, als Hoffman es ihm gesagt hatte.

Er wischte solche Gedanken als sinnlos beiseite und nahm eine Bestandsaufnahme seiner Umgebung vor.

Die Klippe auf der rechten Seite war untergraben und überragte mehrere hundert Fuß ebenes Gelände.

Schwerfällig erhob er sich vom Felsbrocken und wanderte ziellos die breitere Zunge des Plateaus hinauf. Er sah, dass der Unterschnitt immer tiefer wurde und einen tiefen Spalt bildete, als hätte jemand den Berghang ausgefurcht. Darin hingen schwere Schatten.

Plötzlich blieb er stehen, wie gefesselt am Boden, und wagte kaum zu atmen.

Etwas bewegte sich im tiefen Schatten des Unterschnitts. Etwas, das im reflektierten Licht schwach zu glitzern schien.

Das Ding machte einen Satz vorwärts, und in dem flüchtigen Augenblick, bevor er sich umdrehte und rannte, hatte Oliver Meek den Eindruck eines fassähnlichen Körpers, eines langen Halses, eines grausamen Mundes und monströser Augen, in denen verborgene Feuer glühten.

Für Oliver Meek gab es keine Spekulationen. Aus der Beschreibung, die Stiffy ihm gegeben hatte, und aus dem Schrecken, den das Ding mit sich brachte, wusste er, dass das Wesen, das auf ihn zuschlurfte, der Asteroid Prowler war.

Mit einem Schrei purer Angst drehte sich Meek um und floh, und hinter ihm kam der Herumtreiber, dessen Kopf am Ende seines peitschenartigen Halses hin und her schwankte.

Meeks Beine arbeiteten wie Kolben, sein Atem keuchte in seiner Kehle, sein Körper schwebte durch den Weltraum, während er bei jedem Sprung unter dem Einfluss der geringeren Schwerkraft weite Strecken zurücklegte.

Donnernde Schläge prasselten gegen die Kopfhörer in seinem Helm, und während er rannte, reckte er seinen Kopf gen Himmel.

Ein kleines Raumschiff schoss auf das Plateau zu und bremste die Vorwärtsraketen ab!

Hoffnung stieg in ihm auf und er warf einen Blick über die Schulter. Die Hoffnung starb sofort. Der Prowler kam auf ihn zu, und zwar schnell.

Plötzlich gaben seine Beine nach. Einfach zusammengefaltet, erschöpft von der Strafe, die sie erlitten hatten. Er warf die Arme hoch, um die Helmplatte abzuschirmen, und schluchzte vor Panik.

Der Asteroid Prowler würde ihn jetzt erwischen. Sicherlich wie eine Schießerei. Gerade als die Rettung kam, würde ihn der Prowler holen.

Aber der Prowler hat ihn nicht erwischt. Es ist überhaupt nichts passiert. Überrascht setzte er sich auf, wirbelte herum und ging in die Hocke.

Das Schiff war fast am Rand des Plateaus gelandet und ein Mann stürzte aus dem Hafen. Der Prowler hatte seinen Kurs geändert und galoppierte auf das Schiff zu.

Der Mann vom Schiff rannte in großen Sprüngen los, eine Pistole in der behandschuhten Hand, und sein Schreckensschrei hallte in Meeks Kopfhörern wider.

„Lauf, verdammt noch mal. Lauf! Dieser Prowler, dem der Vater die Schuld gegeben hat, wird jeden Moment hinter uns her sein.“

„Steif“, schrie Meek. „Stiffy, du bist rausgekommen, um mich zu holen.“

Stiffy landete neben ihm und zog ihn auf die Beine.

„Verdammt, ich bin gekommen, um dich zu holen“, keuchte er. „Ich dachte, diese Gangster würden ein paar schmutzige Tricks treiben, also blieb ich hier und schaute zu.“

Er zuckte nach Meeks Arm.

„Komm schon, Oliver, wir müssen miteinander klarkommen.“

Aber Meek riss seinen Arm weg.

„Schau, was er tut!“ er schrie. „Schau ihn dir einfach an!“

Der Prowler schien darauf bedacht zu sein, das Raumschiff systematisch zu zerstören. Seine Kiefer rissen an der Stahlverkleidung ... Er zerriss sie und riss sie weg, schälte sie vom Rahmen, wie man eine Orange schälen würde.

„Hey“, heulte Stiffy. „Das kannst du nicht machen. Verschwinde da, du Verdammter ...“

Der Prowler drehte sich zu ihnen um und sah sie an, ein schweres Stromkabel im Maul.

„Du wirst einen Stromschlag erleiden“, schrie Stiffy. „Verdammt, wenn es dir nicht gut tut.“

Doch weit davon entfernt, einen Stromschlag zu erleiden, schien der Herumtreiber sich zu amüsieren. Er saugte am Stromkabel und seine Augen leuchteten selig.

Stiffy schwenkte seine Pistole.

„Geh weg“, schrie er. „Geh weg, sonst kriege ich Blasen an deiner verdammten Haut.“

Der Prowler wirbelte vom zerschmetterten Schiff herum.

Fast spielerisch entfernte sich der Prowler mit tanzenden Füßen vom Schiff.

"Er hat es getan!" sagte Meek.

"Hat was gemacht?" Stiffy runzelte verwirrt die Stirn.

„Bin von diesem Schiff weggekommen, genau wie du es ihm gesagt hast."

Stiffy schnaubte. „Machen Sie sich nichts vor, er hat es getan, weil ich es ihm gesagt habe. Wahrscheinlich konnte er mich nicht einmal hören. Wenn er hier draußen so leben würde, hätte er nichts, womit er etwas hören könnte. Wahrscheinlich versucht er nur zu entscheiden, welches." von uns wird er zuerst fangen. Seien Sie besser bereit, Sie aufzuwirbeln.

Der Prowler trottete auf sie zu und bewegte seinen Kopf auf und ab.

„Mach los", schrie Stiffy Meek an und hob seine Pistole. Ein blauer Lichtstrahl schoss hervor und traf den Herumtreiber am Kopf, doch der Herumtreiber ließ nicht einmal nach. Die Energieladung schien überhaupt keine Kraft zu haben. Es spritzte nicht einmal ... es sah aus, als würde sich der blaue Stift des wütenden Todes direkt in die Stirn zwischen den monströsen Augen bohren.

„Lauf, du verdammter Idiot", kreischte Stiffy Meek an. „Ich kann ihn nicht aufhalten."

Aber Meek rannte nicht ... stattdessen sprang er mit erhobenem Arm direkt in den Weg des Herumtreibers.

"Stoppen!" er schrie.

III

Der Prowler kam schlitternd zum Stehen und seine Metallhufe hinterließen Kratzer auf dem festen Fels.

Für einen Moment standen die drei stocksteif da, und Stiffys Kinnlade blieb vor Erstaunen hängen.

Meek streckte eine Hand aus und klopfte dem Prowler auf die massive Schulter.

„Guter Junge", sagte er. "Guter Junge."

„Komm weg von dort!" Stiffy schrie vor plötzlicher Angst. „Nur ein guter Schluck und der Typ würde dich haben."

„Ah, scheiße", sagte Meek, „er wird niemandem etwas tun. Er hat nur Hunger, das ist alles."

„Das", erklärte Stiffy, „ist genau das, wovor ich Angst habe."

„Du verstehst es nicht", beharrte Meek. „Er ist nicht hungrig nach uns. Er hungert nach Energie. Geben Sie ihm noch einen Schuss aus der Waffe."

Stiffy starrte auf die Waffe, die in seiner Hand hing.

„Bist du sicher, dass es ihn nicht wund machen würde?" er hat gefragt.

„Meine Güte, nein", sagte Meek. „Das ist es, was er will. Er saugt es auf. Ist Ihnen nicht aufgefallen, wie der Strahl direkt in ihn eindrang, ohne zu spritzen oder so. Und wie er das Stromkabel aufgesaugt hat. Er hat Ihrem Schiff jeden Tropfen Energie entzogen, den es hatte. "

„Er hat was getan?" jaulte Stiffy.

„Er hat dem Schiff die Energie entzogen. Davon lebt er. Deshalb hat er dich gejagt. Er wollte, dass du weiter schießt."

Stiffy schlug sich mit der Hand an die Stirn.

„Wir sind jetzt mit Sicherheit untergegangen", erklärte er. „Vielleicht hätte es eine Chance gegeben, zurückzukommen, wenn nur ein paar Platten vom Schiff gerissen worden wären. Aber da die ganze Energie weg war ..."

„Hey, Stiffy", schrie Meek, „schau dir das an."

Stiffy kam vorsichtig näher.

„Was hast du jetzt?" fragte er gereizt.

„Diese Male auf seiner Schulter", sagte Meek. Sein behandschuhter Finger zitterte aufgeregt, als er zeigte. „Es sind die gleichen Markierungen wie auf den Steinen, von denen ich in dem Buch gelesen habe. Markierungen, die niemand lesen konnte. Der Autor des Buches ging davon aus, dass sie von einer anderen Rasse stammten, die Juno besucht hatte. Vielleicht einer Rasse von außerhalb." sogar das Sonnensystem.

„Gute Soße", sagte Stiffy ehrfürchtig, „das glaubst du nicht …"

„Sicher, das tue ich", erklärte Meek mit der Miene eines Mannes, der sich seines Wissens sicher ist. „Einmal kam eine Rasse hierher und sie hatten den Prowler dabei. Aus irgendeinem Grund haben sie ihn zurückgelassen. Vielleicht war er nur ein Roboter und sie hatten keinen Platz für ihn, oder vielleicht ist ihnen etwas passiert …"

„Sagen Sie", sagte Stiffy, „ich wette, genau das ist er. Ein Roboter. Auf Gedankenwellen eingestellt. Deshalb kümmert er sich um Sie."

„Das habe ich mir gedacht", stimmte Meek zu. „Gedankenwellen wären die gleichen, egal wer sie dachte … ein Mensch oder ein … na ja … oder etwas anderes."

Ein plötzlicher Gedanke kam Stiffy. „Vielleicht haben die Jungs die verlorene Mine gefunden! Bei Cracky, das wäre doch was, oder? Vielleicht könnte uns dieses Tier dorthin führen."

"Vielleicht?" Sagte Meek zweifelnd.

Sanft und voller Staunen klopfte Meek auf die felsige Schulter des Herumtreibers. Vor einer unvorstellbaren Zeit, in einem unbekannten Sektor des Weltraums, war der Prowler von einem außerirdischen Volk erschaffen worden. Aus irgendeinem Grund hatten sie ihn erschaffen, aus irgendeinem Grund hatten sie ihn hier gelassen. Aufgabe oder Zweck?

Meek schüttelte den Kopf. Das wäre etwas, worüber er später rätseln würde, etwas, das er bei einem monotonen Flug in den Schlund des Weltraums in seinem Kopf herumwühlen würde.

Raum! Erschrocken über den Gedanken, der ihm durch den Kopf ging, warf er einen kurzen Blick nach oben und sah die trostlosen Sterne, die ihn anstarrten. Augen, die ihn auszulachen schienen, grausames, ironisches Lachen.

„Steif", flüsterte er. „Steif, mir ist gerade etwas eingefallen."

„Ja, was ist das?“

In Meeks Worten lag tiefes Entsetzen. „Mein Sauerstofftank ist mehr als zur Hälfte leer. Und das Schiff ist zerstört …“

„Scheiße“, sagte Stiffy, „ich schätze, wir haben es einfach vergessen. Wir sind sicher hinter der Acht. Irgendwie müssen wir nach Asteroid City zurückkehren. Und wir müssen schnell dort sein.“

Meeks Augen leuchteten. „Steif, vielleicht... Vielleicht könnten wir den Prowler fahren.“

Stiffy wich zurück. Aber Meek streckte die Hand aus und ergriff seinen Arm. „Komm schon. Das ist der einzige Weg, Stiffy. Wir müssen dort ankommen und der Prowler kann uns mitnehmen.“

„Aber … aber … aber …“, stammelte Stiffy.

„Gib mir ein Bein hoch“, befahl Meek.

Stiffy gehorchte und Meek sprang rittlings auf den breiten Metallrücken, griff nach unten und zog Stiffy an Bord.

„Mach los, du flohgebissener Nörgler!“ Meek jaulte plötzlich hocherfreut.

Es gab Grund zur Freude. Erst in diesem Moment hatte er innegehalten und darüber nachgedacht, dass der Prowler vielleicht Einwände dagegen hätte, geritten zu werden. Könnte es als Beleidigung empfinden.

Der Prowler war offenbar erstaunt, aber das war alles. Er schüttelte verwirrt den Kopf und drehte seinen Hals herum, als wäre er nicht ganz sicher, was er tun sollte. Aber zumindest hatte er nicht begonnen, das Haus auseinanderzunehmen.

„Giddap!“ schrie Stiffy und senkte den Griff seiner Pistole.

Der Prowler rüttelte ein wenig, dann nahm er sich zusammen und machte sich auf den Weg. Die Landschaft verschwamm vor Geschwindigkeit, als er über einen mächtigen Felsbrocken sprang, über einen schmalen Felsvorsprung um einen rutschigen Berg herum hüpfte und in einer Haarnadelkurve schlitterte.

Meek und Stiffy kämpften verzweifelt darum, durchzuhalten. Der Metallrücken war glatt und breit und es gab keine Haltegriffe. Sie hüpften und schlugen, wären ein Dutzend Mal fast heruntergefallen.

„Stiffy“, schrie Meek, „woher wissen wir, dass er uns nach Asteroid City bringt?“

„Machen Sie sich darüber keine Sorgen“, sagte Stiffy. „Er weiß, wohin wir wollen. Er hat unsere Gedanken gelesen.“

„Das hoffe ich", sagte Meek gebeterfüllt.

Der Prowler drehte auf einem schmalen Felsvorsprung eine rechtwinklige Kurve, und die fernen Gipfel drehten sich widerwärtig gegen den Himmel.

Meek legte sich flach auf den Bauch und umarmte die Seiten des Prowlers. Die Berge pfiffen vorbei. Er warf einen verstohlenen Blick auf die zerklüfteten Gipfel am nahen Horizont und sie sahen aus wie ein dichter Bretterzaun.

<hr>

Oliver Meek kämpfte mannhaft darum, seine Fassung wiederzugewinnen, als der Prowler die Hauptstraße von Asteroid City entlang tänzelte.

Die Bürgersteige waren gesäumt von Hunderten starrenden Gesichtern, Gesichtern, die vor Erstaunen und Unglauben nach unten blickten.

Stiffy schrie jemanden an. „Nun, verdammt, wirst du glauben, dass es einen Herumtreiber gibt?"

Und der Mann, den er anschrie, hatte kein Wort zu sagen, sondern stand nur da und starrte.

In dem Gewimmel der Gesichter sah Meek die von Reverend Harold Brown und Andrew Smith, und fast wie im Traum winkte er ihnen unbeschwert zu. Zumindest hoffte er, dass die Welle lebhaft war. Es wäre nicht angebracht, sie wissen zu lassen, dass seine Knie zu schwach waren, um ihn aufrecht zu halten.

Smith winkte zurück und rief etwas, aber Reverend Browns Kiefer blieb offen stehen und er schien zu verwundert, um sich zu bewegen.

So etwas, dachte Meek, ist die Art von Dingen, über die man liest. Der siegreiche Held kommt rittlings auf seinem mächtigen Streitross nach Hause. Nur der siegreiche Held, erinnerte er sich mit einem plötzlichen Stich, war normalerweise ein junger Bursche, der aufrecht im Sattel saß, und nicht ein alter Mann mit hochgezogenen Schultern, weil er dreißig Jahre lang über staubigen Geschäftsbüchern gebrütet hatte.

Ein Mann trat auf die Straße, ein Mann, der eine Waffe in der Hand trug, und plötzlich wurde Meek klar, dass sie sich auf der Höhe des Silbermondes befanden.

Der bewaffnete Mann war Blacky Hoffman.

Hier, dachte Meek, habe ich es verstanden. Das bekomme ich dafür, dass ich den Großen spiele ... dafür, dass ich ein kluger Alec bin, dafür, dass ich mich daran erinnere, wie man Karten nicht austeilt, und dafür, dass ich einem

Mann die Waffe aus der Hand schieße und mich dazu überreden lasse, ein Marschall zu werden.

Aber er saß steif und so gerade wie möglich auf dem Prowler und behielt Hoffman im Auge. Das war die einzige Möglichkeit. So taten es alle Helden in den Geschichten, die er gelesen hatte. Und verdammt, er war ein Held. Ob es ihm gefiel oder nicht, er war einer.

Auf der Straße herrschte plötzliche Spannung, und die Luft schien von der Gefahr schrecklicher Ereignisse zu knistern.

Hoffmans Stimme hallte klar durch die Stille.

„Nimm deine Blaster, Meek!"

„Ich habe keine Blaster", sagte Meek ruhig. „Deine Gangster haben sie mir weggenommen."

„Leihen Sie sich Stiffys aus", blaffte Hoffman und fügte mit einem bösen Lachen hinzu: „Sie werden sie nicht lange brauchen."

Meek nickte und beobachtete Hoffman aufmerksam. Langsam griff er nach Stiffys Waffe. Er fühlte es in seiner Hand und schlang seine Finger fest darum.

Komisch, dachte er, wie ruhig er war. Als wäre er in dieser Nacht im Silver Moon gewesen. Da war etwas mit einer Waffe. Es hat ihn verändert, ihn in einen anderen Mann verwandelt.

Er hatte keine Chance, das wusste er. Hoffman würde schießen, bevor er die Waffe jemals in die Hand nehmen konnte. Aber trotzdem fühlte er sich töricht sicher …

Hoffmans Waffe blitzte im schwachen Sonnenlicht und erstrahlte in blauem Glanz.

Für einen Moment, einen Bruchteil einer Sekunde, sah Meek den Strahl direkt in seinen Augen aufblitzen, doch noch bevor er unwillkürlich zusammenzucken konnte, hatte sich der Strahl gebogen. Getreu seinem Ziel hätte es Meek direkt zwischen die Augen gebohrt … aber es traf sein Ziel nicht direkt. Stattdessen bückte es sich und schlug sich direkt zwischen die Augen des Herumtreibers.

Und der Prowler tanzte eine kleine Freudentanz, als der blaue Energiespeer seinen Metallkörper durchbohrte.

„Scheiße", keuchte Stiffy, „er zieht es! Er gibt sich nicht damit zufrieden, es einfach zu nehmen, wenn man es ihm gibt. Er streckt die Hand aus und holt es. Genau wie ein Blitzableiter, der nach oben greift und einen Blitz ergreift."

Verwirrung huschte über Hoffmans Gesicht, dann Ungläubigkeit und schließlich etwas, das fast an Angst grenzte. Der Strahl der Waffe brach ab und seine Hände sackten zusammen. Die Waffe fiel in den Staub. Der Prowler stand völlig still.

„Na, Hoffmann?" fragte Meek leise und seine Stimme schien die ganze Straße entlang zu hallen.

Hoffmans Gesicht zuckte.

„Geh runter und kämpfe wie ein Mann", krächzte er.

„Nein", sagte Meek, „das werde ich nicht tun. Denn es wäre kein Mann gegen Mann. Ich würde gegen deine gesamte Bande antreten."

Hoffman begann langsam, Schritt für Schritt zurückzuweichen. Schritt für Schritt verfolgte ihn der Prowler dorthin auf der stillen Straße.

Dann brach Hoffman mit einem Schreckensschrei zusammen und rannte los.

„Hol ihn!" Meek brüllte den Prowler an.

Der Prowler erwischte ihn mit einem blitzschnellen Ausfallschritt und einem Schlag seines peitschenartigen Halses. Erwischte ihn sanft, wie Meek es beabsichtigt hatte.

Hoffman heulte vor Wut und Entsetzen und baumelte am Hosenboden am Schnabel des Herumtreibers. Wie jedes Zirkuspferd drehte sich der Prowler vorsichtig um und trottete zurück zum Silver Moon, wobei er Hoffman mit einer gewissen sanften Anmut trug, die der Menge nicht entging.

Hoffman verstummte und der Spott der Menge hallte von der Kuppel wider. Der Prowler tänzelte ein wenig und bewegte Hoffman auf und ab.

Meek hob die Hand zum Schweigen und sprach mit Hoffman. „Okay, Mr. Hoffman, rufen Sie Ihre Männer. Alle. Mitten auf die Straße. Dort, wo wir sie sehen können."

Hoffman beschimpfte ihn.

„Beweg ihn etwas", sagte Meek zum Herumtreiber. Der Prowler schüttelte ihn, und Hoffman heulte und krallte in die leere Luft.

„Verdammt", schrie Hoffman, „geht raus auf die Straße. Ihr alle. Genau wie er gesagt hat."

Niemand rührte sich.

„Blaine", schrie Hoffman. „Geh da raus! Du auch, Smithers. Loomis. Blake!"

Sie kamen langsam und beschämt. Auf einen Befehl von Meek hin holten sie ihre Blaster heraus und warfen sie auf einen Haufen.

Der Prowler deponierte Hoffman bei ihnen.

Meek sah Andrew Smith am Rand des Bürgersteigs stehen und nickte ihm zu. „Da sind Sie, Mr. Smith. Zusammengetrommelt, genau so, wie Sie es wollten."

„Ordentlich", sagte Stiffy, „aber nicht protzig."

Langsam und vorsichtig glitt Meek mit schmerzenden Knochen vom Rücken des Herumtreibers und war überrascht, dass seine Beine ihn tragen würden.

„Kommen Sie herein und trinken Sie etwas", riefen ein Dutzend Stimmen gleichzeitig.

„Wette dein Leben", stimmte Stiffy zu und leckte sich die Koteletts.

Männer klopften Meek auf die Schulter und schrien ihn an. Er schrie freundliche Dinge und nannte ihn einen alten Wolf.

Er versuchte, seine Brust herauszustrecken, aber es gelang ihm nicht so gut. Er hoffte, dass sie nicht darauf bestehen würden, dass er viel *Bocca trank* .

Eine Hand zupfte an Meeks Ellbogen. Es war Reverend Brown.

„Du wirst das Biest hier draußen nicht ganz allein lassen?" er hat gefragt. „Keine Ahnung, was er tun könnte."

„Ah, scheiße", protestierte Stiffy, „er ist sanft wie ein Kätzchen. Steht, ohne sich anzuschnallen."

Doch noch während er sprach, hob der Prowler den Kopf, fast als würde er schnüffeln, und lief im schwingenden Trab die Straße entlang.

„Hey", schrie Stiffy, „komm zurück, du schielender Krähenköder!"

Der Herumtreiber ließ nicht nach. Er ging noch schneller.

Kalte Angst packte Meek an der Kehle. Er versuchte zu sprechen und schluckte stattdessen. Ihm war gerade etwas eingefallen. Das Kraftwerk, das Asteroid City mit Strom und Licht versorgte, also mit dem Sauerstoff, den es atmete, lag dort unten.

Ein Kraftwerk und ein außerirdischer Roboter, dem es an Energie mangelte!

"Meine Sterne!" keuchte Meek.

Er schüttelte die Hand des Ministers ab und galoppierte die Straße entlang, wobei er den Prowler anschrie. Aber der Herumtreiber dachte nicht daran aufzuhören.

Keuchend verlangsamte Meek das Tempo vom Galopp zum Trab und dann zum mühsamen Schritt. Hinter sich hörte er Stiffy schnaufen. Hinter Stiffy folgte praktisch die gesamte Bevölkerung von Asteroid City.

Weit vorn war das Geräusch von zerbrechendem Stahl und krachender Struktur zu hören, als der Herumtreiber die Pflanze auseinander riss, um an den Saft zu gelangen.

Stiffy stellte sich an Meeks Seite und keuchte ihn an. „Scheiße, dafür werden sie uns kreuzigen. Wir müssen ihn da rausholen."

"Wie?" fragte Meek.

„Verdammt, wenn ich es weiß", sagte Stiffy.

Eine Seite der Anlage bestand aus einer Masse verhedderter Trümmer, die ein Loch umgab, aus dem das Hinterteil des Herumtreibers herausragte. Verängstigte Arbeiter und Wartungsleute rannten um ihr Leben. Stromführende Leitungen spritzten und knisterten vor flammender Energie.

IV

Meek und Stiffy blieben einen halben Block entfernt stehen, der Atem pfiff ihnen im Hals. Der Schwanz des Herumtreibers, der aus dem Loch an der Seite der Pflanze ragte, zuckte fröhlich. Meek betrachtete die Szene mit traurigen Gedanken.

„Ich wünschte", erklärte Stiffy, „wir wären da draußen geblieben und gestorben. Es wäre einfacher gewesen als das, was uns jetzt passieren könnte."

Füße stampften hinter ihnen auf, und eine Hand packte Meek an der Schulter und packte sie. Es war Andrew Smith, ein außer Atem geratener, apoplektischer Andrew Smith.

"Was werden Sie tun?" schrie er Meek an.

Meek schluckte schwer und versuchte, seine Stimme ruhig zu halten. „Ich studiere nur die Situation, Mr. Smith. Ich werde mir gleich etwas einfallen lassen."

„Sicher wird er das", beharrte Stiffy. „Lassen Sie ihn in Ruhe. Geben Sie ihm Zeit. Er tut immer, was er sagt. Er sagte, er würde Blacky für Sie zusammentreiben, und das tat er. Er ging im Alleingang los und nahm den Prowler gefangen. Er ... "

„Ja", schrie Smith, „und er sagte, der Prowler würde auch ohne Anhängen stehen. Und hat er gestanden? Ich frage Sie ..."

„Das hat er nicht gesagt", unterbrach Stiffy gereizt, „das habe ich gesagt."

„Es macht überhaupt keinen Unterschied, wer es gesagt hat", schrie Smith. „Ich habe Lagerbestände in dieser Fabrik dort. Und der Prowler ruiniert es. Er gefährdet das Leben dieser ganzen Stadt. Und es ist alles deine Schuld. Du hast ihn hierher gebracht. Ich werde euch beide verklagen, also helft mir." …"

„Ah, halt die Klappe", schnappte Stiffy. „Wer kann denken, wenn du herumplapperst?"

Smith tanzte vor Wut. „Wer plappert da? Ich habe Lust, …"

Er ballte die Faust und ging auf Stiffy zu.

Und wieder einmal tat Oliver Meek etwas, woran er auf der Erde nie gedacht hätte. Er streckte absichtlich seine behandschuhte Hand aus und stieß Smith ins Gesicht. Er drückte hart, so hart, dass Smith im Staub der Straße aufschlug und dort saß, vor Überraschung verstummt.

Ohne sich auch nur umzusehen, schritt Meek zielstrebig die Straße entlang auf den Prowler zu. Was er vorhatte, wusste er nicht. Was er möglicherweise tun könnte, hatte er keine Ahnung. Aber alles war besser, als da zu stehen, während die Menge ihn anschrie und die Männer ihre Fäuste gegen ihn drohten.

Vielleicht lynchen sie ihn sogar! Er schauderte bei dem Gedanken. Aber Männer taten solche Dinge immer noch. Vor allem, wenn jemand hier draußen im nackten Weltraum mit genau den Dingen herumalberte, auf die er für sein Leben angewiesen war. Vielleicht würden sie ihn mit nur ein oder zwei Stunden Sauerstoff auf Juno ausliefern. Vielleicht würden sie....

Stiffy schrie ihn an. „Komm zurück, du verdammter alter Idiot …"

Plötzlich bebte und bebte der Boden unter Meeks Füßen. Das Kraftwerk schwankte vor seinen erschrockenen Augen, und dann lag er irgendwie auf dem Rücken und beobachtete, wie sich die Kuppel über ihm drehte und bewegte.

Er kämpfte um die Luft, die ihm entzogen worden war, kämpfte sich auf die Knie und versuchte aufrecht zu stehen, doch der Boden war immer noch voller Bewegung.

Es war wie ein Erdbeben, sagte er sich und war erstaunt, dass er überhaupt denken konnte. Aber es konnte kein Erdbeben sein. Juno hatte keine Erdbeben, es gab keinen Grund für Juno, Erdbeben zu haben. Der kleine Planetoid war vor Äonen durch und durch abgekühlt, jedes Gestein, jede Schicht hatte seinen Platz gefunden. Juno war tot, tot wie die Weiten des Weltraums selbst, und Erdbeben passieren auf toten Planeten nicht.

Aus den Augenwinkeln sah er, dass der Herumtreiber rückwärts aus dem Loch im Kraftwerk zurückgewichen war, mit weit gespreizten vier Beinen dastand und sich abstützte. Sein langer Hals war hoch in die Luft gestreckt und der hässliche, zahnige Kopf sah aus wie schnelle Wachsamkeit.

Meek kam auf die Beine, stand schwankend da und hielt sich durch geschickte Beinarbeit aufrecht. Der Herumtreiber kam auf ihn zu, beschleunigte seine Beine und steuerte die Straße hinunter.

Mit einem heiseren Schrei stabilisierte sich Meek, ging halb in die Hocke und hielt den Atem an, sprang, sprang so heftig, dass er fast über den breiten Rücken des Tieres sprang. Er streckte sich aus, kletterte rittlings auf den laufenden Roboter und sah, wie Stiffy auf ihn zusprang. Schnell streckte er die Hand aus, packte Stiffy und zerrte ihn an Bord.

Vor ihnen eilte die Menge in Sicherheit und ließ dem stürmenden Herumtreiber und seinen beiden Reitern eine breite Allee frei.

„Mach die Schlösser auf", schrie Stiffy. "Hier kommen wir!"

Die Menge nahm den Schrei auf. „Macht die Schlösser auf!"

Der Prowler fegte die Straße entlang, seine Hufe klapperten wie Hammerschläge. Vor ihnen schwang die innere Schleuse auf. Als der Prowler in den Eingangstunnel schoss, schwang die äußere Schleuse heraus und ein paar wilde Sekunden lang kreischte und heulte die Luft und strömte aus der Stadt in das Vakuum des Weltraums.

In hektischer Eile arbeiteten Meek und Stiffy an ihren Helmen und befestigten sie. Dann waren sie draußen, die glitzernde Stadt hinter sich.

Weniger als eine halbe Meile entfernt ragte ein riesiger Felsbrocken auf, der mindestens dreißig Meter über dem Boden des Canyons aufragte. Der Prowler machte sich auf den Weg dorthin.

„Oliver", schrie Stiffy, „das Ding war vorher nicht da. Schau, es blockiert fast die Schlucht!"

Der Felsbrocken war schwarz, aber von ihm strahlte ein grünlicher Schimmer, ein schwaches Netzwerk düsteren Feuers.

Der Atem blieb Meek im Hals stecken.

„Steif", flüsterte er.

Hinter ihm schluchzte Stiffy vor Aufregung fast. „Ja, ich weiß. Es ist ein Meteor. Und es ist mies mit Radium."

„Es ist einfach gefallen“, sagte Meek mit unsicherer Stimme. „Das hat den Ort erschüttert. Es wundert mich, dass es die Kuppel nicht weit aufgerissen hat.“

„Wir greifen besser zu“, drängte Stiffy, „wenn wir uns nicht verbrennen wollen. Ohne Bleiummantelung kommen wir nicht in die Nähe des Dings.“

Meek warf sich zur Seite, warf die Arme hoch, um seinen Helm zu schützen, schlug auf seine Schultern und rollte. Langsam, betäubt vom Sturz, kroch er aus dem Schatten einer hohen Felswand ins Sternenlicht.

Stiffy saß auf dem Boden und rieb sich die Schienbeine.

„Hat sie etwas angebellt“, gab er zu.

Oben im Tal krümmte der Prowler seinen Rücken und rieb sich an dem grün leuchtenden Felsbrocken.

„Genau wie eine Katze, die ihrem Vater die Schuld gibt und Katzenminze gefunden hat“, sagte Stiffy. „Muss irgendwie wie dieses Radium sein.“

Er stand langsam auf und klopfte sich den Staub von seinem Anzug.

„Nun“, schlug er vor, „lasst uns gemeinsam in Aktion treten.“

"Aktion?"

„Sicher. Gehen wir zurück und melden uns eine Schadensersatzforderung bezüglich dieses Meteors. Sie müssen sich keine Sorgen machen, dass jemand anderes darüber springt, denn jeder von ihnen, dem der Vater die Schuld gegeben hat, hat sprachlose Angst vor dem Prowler. Sie werden sich dem Meteor nicht nähern solange er da ist.

Meek starrte nachdenklich auf den Meteor. „Das ist eine Menge Geld wert, nicht wahr, Stiffy? So mit Radium gefüllt.“

„Wetten Sie, was Sie wollen“, sagte Stiffy fröhlich. „Wir gehen auf sie ein. Wir sind gleichberechtigt. Wir sind Partner.“

„Sag dir, was du tust“, sagte Meek langsam. „Du nimmst alles. Nimm einfach genug heraus, um den Schaden dort hinten zu reparieren, und nenne das meinen Anteil.“

Stiffys Kinnlade klappte herab. „Sagen Sie, worauf wollen Sie hinaus?“

„Ich gehe“, sagte Meek.

„Gute Soße! Aufbruch! Und gerade als wir uns einen Streik machten.“

„Du verstehst es nicht“, sagte Meek. „Ich bin nicht hierhergekommen, um Radium zu finden. Oder um Banden zu verhaften. Oder auch nur, um einen Asteroidenjäger zu fangen. Ich bin nur hergekommen, um mich umzusehen.

Schön und ruhig. Ich wollte niemanden stören. Ich wollte niemanden." um mich zu stören.

„Verdammt", sagte Stiffy, „und ich habe mir nur gedacht, dass wir, sobald wir das Radium aufgeräumt haben, diesen Herumtreiber vielleicht dazu bringen könnten, uns zur Verlorenen Mine zu führen."

Meeks Gesicht hellte sich auf. „Ich habe eine Ahnung, dass ich weiß, wo diese verlorene Mine ist, Stiffy. Denken Sie daran, dass es in der Klippe in der Nähe der Stelle, an der wir den Prowler gefunden haben, eine Kürzung gab. Nun, als ich ihn zum ersten Mal sah, war er an dieser Stelle. Ich habe vielleicht eine Ahnung das ist die Mine.

Stiffy grinste. „Also bleibst du bei mir."

Meek schüttelte den Kopf. „Nein, ich gehe trotzdem."

"Genau so?" sagte Stiffy.

Stiffy streckte seine Hand aus. „OK, wenn es das ist, was Sie tun möchten. Ich werde Ihre Hälfte im Ersten Marsianer auf der Erde anlegen. Hinterlassen Sie dort meine Adresse. Vielleicht möchten Sie mich irgendwann einmal kontaktieren."

Meek ergriff seine Hand. „Das ist nicht nötig. Nehmen Sie alles mit. Sehen Sie einfach zu, wie die Anlage repariert wird."

Stiffys Augen leuchteten seltsam feucht im Sternenlicht. „Shucks, es ist genug für uns beide. Mehr als genug." Seine Stimme war rau. „Jetzt komm mit dir klar."

Meek wollte weggehen.

„Auf Wiedersehen, Stiffy", rief er.

„Bis dann", rief Stiffy.

Meek zögerte. Es schien, als hätte er mehr sagen sollen. Eine Möglichkeit, Stiffy wissen zu lassen, dass er ihn mochte. Eine Möglichkeit, ihm zu sagen, dass er ein Freund in einem Leben war, das nur wenige Freunde gekannt hatte.

Er versuchte, Wege zu finden, seine Gefühle in Worte zu fassen, aber es gab keinen Weg, keinen, der nicht unbeholfen und sentimental klang.

Er drehte sich um und steuerte auf den Raumhafen zu. Seine Füße wurden immer schneller, bis er schließlich rannte.

Er musste hier raus, sagte er sich, bevor er erneut in Schwierigkeiten geriet. Sein Glück war bereits zu gering. So ein Kerl kann einfach nicht länger so viel Glück haben.

Und außerdem gab es jede Menge Platz zum Herumstreifen und andere Orte, die man sehen konnte. Das war es, was er sich vorgenommen hatte. Das Sonnensystem in seinem eigenen Schiff sehen und all die Dinge tun, von denen er damals in der Abstellkammer bei Lunar Exports, Inc. geträumt hatte.

Und genau das würde er tun, versprach er sich. Obwohl er hoffte, dass der nächste Stopp friedlicher sein würde.

Oliver Meek seufzte glücklich – *so war das Leben* .